DAS MOTIV DER KÄSTCHENWAHL

SIGMUND FREUD

Zwei Szenen aus S h a k e s p e a r e , eine heitere und eine tragische, haben mir kürzlich den Anlaß zu einer kleinen Problemstellung und Lösung gegeben.

Die heitere ist die der Wahl des Freiers zwischen drei Kästchen im »Kaufmann von Venedig«. Die schöne und kluge Porzia ist durch den Willen ihres Vaters gebunden, nur den von ihren Bewerbern zum Mann zu nehmen, der von drei ihm vorgelegten Kästchen das richtige wählt. Die drei Kästchen sind von Gold, von Silber und von Blei; das richtige ist jenes, welches ihr Bildnis einschließt. Zwei Bewerber sind bereits erfolglos abgezogen, sie hatten Gold und Silber gewählt. Bassanio, der Dritte, entscheidet sich für das Blei; er gewinnt damit die Braut, deren Neigung ihm bereits vor der Schicksalsprobe gehört hat. Jeder der Freier hatte seine Entscheidung durch eine Rede motiviert, in welcher er das von ihm bevorzugte Metall anpries, während er die beiden anderen herabsetzte. Die schwerste Aufgabe war dabei dem glücklichen dritten Freier zugefallen; was er zur Verherrlichung des Bleis gegen Gold und Silber sagen kann, ist wenig und klingt gezwungen. Stünden wir in der psychoanalytischen Praxis vor solcher Rede, so würden wir hinter der unbefriedigenden Begründung geheimgehaltene Motive wittern.

S h a k e s p e a r e hat das Orakel der Kästchenwahl nicht selbst erfunden, er nahm es aus einer Erzählung der »Gesta Romanorum«, in welcher ein Mädchen dieselbe Wahl vornimmt, um den Sohn des Kaisers zu gewinnen. Auch hier ist das dritte Metall, das Blei, das Glückbringende. Es ist nicht schwer zu erraten, daß hier ein altes Motiv vorliegt, welches nach Deutung, Ableitung und Zurückführung verlangt. Eine erste Vermutung, was wohl die Wahl zwischen Gold, Silber und Blei bedeuten möge, findet bald Bestätigung durch eine Äußerung von E. S t u c k e n [2], der sich in weitausgreifendem Zusammenhang mit dem nämlichen Stoff beschäftigt. Er sagt: »Wer die drei Freier Porzias sind, erhellt aus dem, was sie wählen: Der Prinz von Marokko wählt den goldenen Kasten: er ist die Sonne; der Prinz von Arragon wählt den silbernen Kasten: er ist der Mond; Bassanio wählt den bleiernen Kasten: er ist der Sternenknabe.« Zur Unterstützung dieser Deutung zitiert er eine Episode aus dem estnischen Volksepos Kalewipoeg, in welcher die drei Freier unverkleidet als Sonnen-, Mond- und Sternenjüngling (»des Polarsterns ältestes Söhnchen«) auftreten und die Braut wiederum dem Dritten zufällt.

So führte also unser kleines Problem auf einen Astralmythus! Nur schade, daß wir mit dieser Aufklärung nicht zu Ende gekommen sind. Das Fragen setzt sich weiter fort, denn wir glauben nicht mit manchen Mythenforschern, daß die Mythen vom Himmel herabgelesen worden sind, vielmehr urteilen wir mit O. R a n k , daß sie auf den Himmel projiziert wurden, nachdem sie anderswo unter rein menschlichen Bedingungen entstanden waren. Diesem menschlichen Inhalt gilt aber unser Interesse.

Fassen wir unseren Stoff nochmals ins Auge. Im estnischen Epos wie in der Erzählung der Gesta Romanorum handelt es sich um die Wahl eines Mädchens zwischen drei Freiern, in der Szene des »Kaufmann von Venedig« anscheinend um das nämliche, aber gleichzeitig tritt an dieser letzten Stelle etwas wie eine Umkehrung des Motivs auf: Ein Mann wählt zwischen drei Kästchen. Wenn wir es mit einem Traum zu tun hätten, würden wir sofort daran denken, daß die Kästchen auch Frauen sind, Symbole des Wesentlichen an der Frau und darum der Frau selbst, wie Büchsen, Dosen, Schachteln, Körbe usw. Gestatten wir uns eine solche symbolische Ersetzung auch beim Mythus anzunehmen, so wird die Kästchenszene im »Kaufmann von Venedig« wirklich zur Umkehrung, die wir vermutet haben. Mit einem Ruck, wie er sonst nur im Märchen beschrieben wird, haben wir unserem Thema das astrale Gewand abgestreift und sehen nun, es behandelt ein menschliches Motiv, die W a h l e i n e s M a n n e s z w i s c h e n d r e i F r a u e n .

Dasselbe ist aber der Inhalt einer anderen Szene S h a k e s p e a r e s in einem der erschütterndsten seiner Dramen, keine Brautwahl diesmal, aber doch durch so viel geheime Ähnlichkeiten mit der Kästchenwahl im »Kaufmann« verknüpft. Der alte König Lear beschließt noch bei Lebzeiten sein Reich unter seine drei Töchter zu verteilen, je nach Maßgabe der Liebe, die sie für ihn äußern. Die beiden älteren, G o n e r i l und R e g a n, erschöpften sich in Beteuerungen und Anpreisungen ihrer Liebe, die dritte, C o r d e l i a, weigert sich dessen. Er hätte diese unscheinbare, wortlose Liebe der Dritten erkennen und belohnen sollen, aber er verkennt sie, verstößt Cordelia und teilt das Reich unter die beiden anderen, zu seinem und zu aller Unheil. Ist das nicht wieder eine Szene der Wahl zwischen drei Frauen, von denen die jüngste die beste, die vorzüglichste ist?

Sofort fallen uns nun aus Mythus, Märchen und Dichtung andere Szenen ein, welche die nämliche Situation zum Inhalt haben: Der Hirte Paris hat die Wahl zwischen drei Göttinnen, von denen er die dritte zur Schönsten erklärt. Aschenputtel ist eine ebensolche Jüngste, die der Königssohn den beiden Älteren vorzieht, Psyche im Märchen des Apulejus ist die jüngste und schönste von drei Schwestern, Psyche, die einerseits als menschlich gewordene Aphrodite verehrt wird, anderseits von dieser Göttin behandelt wird wie Aschenputtel von ihrer Stiefmutter, einen vermischten Haufen von Samenkörnern schlichten soll und es mit Hilfe von kleinen Tieren (Tauben bei Aschenputtel, Ameisen bei Psyche) zustandebringt[4]. Wer sich weiter im Material umsehen wollte, würde gewiß noch andere Gestaltungen desselben Motivs mit Erhaltung derselben wesentlichen Züge auffinden können.

Begnügen wir uns mit Cordelia, Aphrodite, Aschenputtel und Psyche! Die drei Frauen, von denen die dritte die vorzüglichste ist, sind wohl als irgendwie gleichartig aufzufassen, wenn sie als Schwestern vorgeführt werden. Es soll uns nicht irre machen, wenn es bei Lear die drei Töchter des Wählenden sind, das bedeutet vielleicht nichts anderes, als daß Lear als alter Mann dargestellt werden soll. Den alten Mann kann man nicht leicht anders zwischen drei Frauen wählen lassen; darum werden diese zu seinen Töchtern.

Wer sind aber diese drei Schwestern und warum muß die Wahl auf die Dritte fallen? Wenn wir diese Frage beantworten könnten, wären wir im Besitz der gesuchten Deutung. Nun haben wir uns bereits einmal der Anwendung psychoanalytischer Techniken bedient, als wir uns die drei Kästchen symbolisch als drei Frauen aufklärten. Haben wir den Mut, ein solches Verfahren fortzusetzen, so betreten wir einen Weg, der zunächst ins Unvorhergesehene, Unbegreifliche, auf Umwegen vielleicht zu einem Ziele führt.

Es darf uns auffallen, daß jene vorzügliche Dritte in mehreren Fällen außer ihrer Schönheit noch gewisse Besonderheiten hat. Es sind Eigenschaften, die nach irgendeiner Einheit zu streben scheinen; wir dürfen gewiß nicht erwarten, sie in allen Beispielen gleich gut ausgeprägt zu finden. Cordelia macht sich unkenntlich, unscheinbar wie das Blei, sie bleibt stumm, sie »liebt und schweigt«. Aschenputtel verbirgt sich, so daß sie nicht aufzufinden ist. Wir dürfen vielleicht das sich Verbergen dem Verstummen gleichsetzen. Dies wären allerdings nur zwei Fälle von den fünf, die wir herausgesucht haben. Aber eine Andeutung davon findet sich merkwürdigerweise auch noch bei zwei anderen. Wir haben uns ja entschlossen, die widerspenstig ablehnende Cordelia dem Blei zu vergleichen. Von diesem heißt es in der kurzen Rede des Bassanio während der Kästchenwahl, eigentlich so ganz unvermittelt:

> T h y p a l e n e s s m o v e s m e m o r e t h a n e l o q u e n c e .

> (p l a i n n e s s nach anderer Leseart).

Also: Deine Schlichtheit geht mir näher als der beiden anderen schreiendes Wesen. Gold und Silber sind »laut«, das Blei ist stumm, wirklich wie Cordelia, die »liebt und schweigt«.

In den altgriechischen Erzählungen des Parisurteils ist von einer solchen Zurückhaltung der Aphrodite nichts enthalten. Jede der drei Göttinnen spricht zu dem Jüngling und sucht ihn durch Verheißungen zu gewinnen. Aber in einer ganz modernen Bearbeitung derselben Szene kommt der uns auffällig gewordene Zug der Dritten sonderbarerweise wieder zum Vorschein. Im Libretto der »Schönen Helena« erzählt Paris, nachdem er von den Werbungen der beiden anderen Göttinnen berichtet, wie sich Aphrodite in diesem Wettkampf um den Schönheitspreis benommen:

> Und die Dritte - ja die Dritte -
>
> Stand daneben und blieb s t u m .
>
> Ihr mußt' ich den Apfel geben usw.

Entschließen wir uns, die Eigentümlichkeit unserer Dritten in der »Stummheit« konzentriert zu sehen, so sagt uns die Psychoanalyse: Stummheit ist im Traume eine gebräuchliche Darstellung des Todes.

Vor mehr als zehn Jahren teilte mir ein hochintelligenter Mann einen Traum mit, den er als Beweis für die telepathische Natur der Träume verwerten wollte. Er sah einen abwesenden Freund, von dem er überlange keine Nachricht erhalten hatte, und machte ihm eindringliche Vorwürfe über sein Stillschweigen. Der Freund gab keine Antwort. Es stellte sich dann heraus, daß er ungefähr um die Zeit dieses Traumes durch Selbstmord geendet hatte. Lassen wir das Problem der Telepathie beiseite; daß die Stummheit im Traume zur Darstellung des Todes wird, scheint hier nicht zweifelhaft. Auch das sich Verbergen, Unauffindbarsein, wie es der Märchenprinz dreimal beim Aschenputtel erlebt, ist im Traume ein unverkennbares Todessymbol; nicht minder die auffällige Blässe, an welche die paleness des Bleis in der einen Leseart des S h a k e s p e a r e schen Textes erinnert. Die Übertragung dieser Deutungen aus der Sprache des Traumes auf die Ausdrucksweise des uns beschäftigenden Mythus wird uns aber wesentlich erleichtert, wenn wir wahrscheinlich machen können, daß die Stummheit auch in anderen Produktionen, die nicht Träume sind, als Zeichen des Totseins gedeutet werden muß.

Ich greife hier das neunte der G r i m m schen Volksmärchen heraus, welches die Überschrift hat: »Die zwölf Brüder«. Ein König und eine Königin hatten zwölf Kinder, lauter Buben. Da sagte der König, wenn das dreizehnte Kind ein Mädchen ist, müssen die Buben sterben. In Erwartung dieser Geburt läßt er zwölf Särge machen. Die zwölf Söhne flüchten sich mit Hilfe der Mutter in einen versteckten Wald und schwören jedem Mädchen den Tod, dem sie begegnen sollten.

Ein Mädchen wird geboren, wächst heran und erfährt einmal von der Mutter, daß es zwölf Brüder gehabt hat. Es beschließt, sie aufzusuchen und findet im Walde den Jüngsten, der sie erkennt aber verbergen möchte wegen des Eides der Brüder. Die Schwester sagt: Ich will gerne sterben, wenn ich damit meine zwölf Brüder erlösen kann. Die Brüder nehmen sie aber herzlich auf, sie bleibt bei ihnen und besorgt ihnen das Haus.

In einem kleinen Garten bei dem Haus wachsen zwölf Lilienblumen; die bricht das Mädchen ab, um jedem Bruder eine zu schenken. In diesem Augenblicke werden die Brüder in Raben verwandelt und verschwinden mit Haus und Garten. Die Raben sind Seelenvögel, die Tötung der zwölf Brüder durch ihre Schwester wird durch das Abpflücken der Blumen von neuem dargestellt, wie zu Eingang durch die Särge und das Verschwinden der Brüder. Das Mädchen, das wiederum bereit ist, seine Brüder vom Tod zu erlösen, erfährt nun als Bedingung, daß sie sieben Jahre stumm sein, kein einziges Wort sprechen darf. Sie unterzieht sich dieser Probe, durch die sie selbst in Lebensgefahr gerät, d. h. sie stirbt selbst für die Brüder, wie sie es vor dem Zusammentreffen mit den Brüdern gelobt hat. Durch die Einhaltung der Stummheit gelingt ihr endlich die Erlösung der Raben.

Ganz ähnlich werden im Märchen von den »sechs Schwänen« die in Vögel verwandelten Brüder durch die Stummheit der Schwester erlöst, d. h. wiederbelebt. Das Mädchen hat den festen Entschluß gefaßt, seine Brüder zu erlösen, und »wenn es auch sein Leben kostete« und bringt als Gemahlin des Königs wiederum ihr eigenes Leben in Gefahr, weil sie gegen böse Anklagen ihre Stummheit nicht aufgeben will.

Wir würden sicherlich aus den Märchen noch andere Beweise erbringen können, daß die Stummheit als Darstellung des Todes verstanden werden muß. Wenn wir diesem Anzeichen folgen dürfen, so wäre die dritte unserer Schwestern, zwischen denen die Wahl stattfindet, eine Tote. Sie kann aber auch etwas anderes sein, nämlich der Tod selbst, die Todesgöttin. Vermöge einer gar nicht seltenen Verschiebung werden die Eigenschaften, die eine Gottheit den Menschen zuteilt, ihr selbst zugeschrieben. Am wenigsten wird uns solche Verschiebung bei der Todesgöttin befremden, denn in der modernen Auffassung und Darstellung, die hier vorweggenommen würde, ist der Tod selbst nur ein Toter.

Wenn aber die dritte der Schwestern die Todesgöttin ist, so kennen wir die Schwestern. Es sind die Schicksalsschwestern, die M o i r e n oder Parzen oder Nornen, deren dritte A t r o p o s heißt: die Unerbittliche.

Stellen wir die Sorge, wie die gefundene Deutung in unseren Mythus einzufügen ist, einstweilen beiseite, und holen wir uns bei den Mythologen Belehrung über Rolle und Herkunft der Schicksalsgöttinnen.

Die älteste griechische Mythologie kennt nur eine Μοῖρα als Personifikation des unentrinnbaren Schicksals (bei Homer). Die Fortentwicklung dieser einen Moira zu einem Schwesterverein von drei (seltener zwei) Gottheiten erfolgte wahrscheinlich in Anlehnung an andere Göttergestalten, denen die Moiren nahestehen, die Chariten und die Horen.

Die Horen sind ursprünglich Gottheiten der himmlischen Gewässer, die Regen und Tau spenden, der Wolken, aus denen der Regen niederfällt, und da diese Wolken als Gespinst erfaßt werden, ergibt sich für diese Göttinnen der Charakter der Spinnerinnen, der dann an den Moiren fixiert wird. In den von der Sonne verwöhnten Mittelmeerländern ist es der Regen, von dem die Fruchtbarkeit des Bodens abhängig wird, und darum wandeln sich die Horen zu Vegetationsgottheiten. Man dankt ihnen die Schönheit der Blumen und den Reichtum der Früchte, stattet sie mit einer Fülle von liebenswürdigen und anmutigen Zügen aus. Sie werden zu den göttlichen Vertreterinnen der Jahreszeiten und erwerben vielleicht durch diese Beziehung ihre Dreizahl, wenn die heilige Natur der Drei zu deren Aufklärung nicht genügen sollte. Denn diese alten Völker unterschieden zuerst nur drei Jahreszeiten: Winter, Frühling und Sommer. Der Herbst kam erst in späten griechisch-römischen Zeiten hinzu; dann bildete die Kunst häufig vier Horen ab.

Die Beziehung zur Zeit blieb den Horen erhalten; sie wachten später über die Tageszeiten wie zuerst über die Zeiten des Jahres; endlich sank ihr Name zur Bezeichnung der Stunde (heure, ora) herab. Die den Horen und Moiren wesensverwandten Nornen der deutschen Mythologie tragen diese Zeitbedeutung in ihren Namen zur Schau. Es konnte aber nicht ausbleiben, daß das Wesen dieser Gottheiten tiefer erfaßt und in das Gesetzmäßige im Wandel der Zeiten verlegt wurde; die Horen wurden so zu Hüterinnen des Naturgesetzes und der heiligen Ordnung, welche mit unabänderlicher Reihenfolge in der Natur das gleiche wiederkehren läßt.

Diese Erkenntnis der Natur wirkte zurück auf die Auffassung des menschlichen Lebens. Der Naturmythus wandelte sich zum Menschenmythus; aus den Wettergöttinnen wurden Schicksalsgottheiten. Aber diese Seite der Horen kam erst in den Moiren zum Ausdruck, die über die notwendige Ordnung im Menschenleben so unerbittlich wachen wie die Horen über die Gesetzmäßigkeit der Natur. Das unabwendbar Strenge des Gesetzes, die Beziehung zu Tod und Untergang, die an den lieblichen Gestalten der Horen vermieden worden waren, sie prägten sich nun an den Moiren aus, als ob der Mensch den ganzen Ernst des Naturgesetzes erst dann empfände, wenn er die eigene Person ihm unterordnen soll.

Die Namen der drei Spinnerinnen haben auch bei den Mythologen bedeutsames Verständnis gefunden. Die zweite L a c h e s i s scheint das »innerhalb der Gesetzmäßigkeit des Schicksals Zufällige« zu bezeichnen wir würden sagen: das Erleben wie A t r o p o s das Unabwendbare, den Tod, und dann bliebe für K l o t h o die Bedeutung der verhängnisvollen, mitgebrachten Anlage.

Und nun ist es Zeit, zu dem der Deutung unterliegenden Motiv der Wahl zwischen drei Schwestern zurückzukehren. Mit tiefem Mißvergnügen werden wir bemerken, wie unverständlich die betrachteten Situationen werden, wenn wir in sie die gefundene Deutung einsetzen, und welche Widersprüche zum scheinbaren Inhalt derselben sich dann ergeben. Die dritte der Schwestern soll die Todesgöttin sein, der Tod selbst, und im Parisurteil ist es die Liebesgöttin, im Märchen des Apulejus eine dieser letzteren vergleichbare Schönheit, im Kaufmann die schönste und klügste Frau, im Lear die einzig treue Tochter. Kann ein Widerspruch vollkommener gedacht werden? Doch vielleicht ist diese unwahrscheinliche Steigerung ganz in der Nähe. Sie liegt wirklich vor, wenn in unserem Motiv jedesmal zwischen den Frauen frei gewählt wird, und wenn die Wahl dabei auf den Tod fallen soll, den doch niemand wählt, dem man durch ein Verhängnis zum Opfer fällt.

Indes Widersprüche von einer gewissen Art, Ersetzungen durch das volle kontradiktorische Gegenteil bereiten der analytischen Deutungsarbeit keine ernste Schwierigkeit. Wir werden uns hier nicht darauf berufen, daß Gegensätze in den Ausdrucksweisen des Unbewußten wie im Traume so häufig durch eines und das nämliche Element dargestellt werden. Aber wir werden daran denken, daß es Motive im Seelenleben gibt, welche die Ersetzung durch das Gegenteil als sogenannte Reaktionsbildung herbeiführen, und können den Gewinn unserer Arbeit gerade in der Aufdeckung solcher verborgener Motive suchen. Die Schöpfung der Moiren ist der Erfolg einer Einsicht, welche den Menschen mahnt, auch er sei ein Stück der Natur und darum dem unabänderlichen Gesetz des Todes unterworfen. Gegen diese Unterwerfung mußte sich etwas im Menschen sträuben, der nur höchst ungern auf seine Ausnahmsstellung verzichtet. Wir wissen, daß der Mensch seine Phantasietätigkeit zur Befriedigung seiner von der Realität unbefriedigten Wünsche verwendet. So lehnte sich denn seine Phantasie gegen die im Moirenmythus verkörperte Einsicht auf und schuf den davon abgeleiteten Mythus, in dem die Todesgöttin durch die Liebesgöttin, und was ihr an menschlichen Gestaltungen gleichkommt, ersetzt ist. Die dritte der Schwestern ist nicht mehr der Tod, sie ist die schönste, beste, begehrenswerteste, liebenswerteste der Frauen. Und diese Ersetzung war technisch keineswegs schwer; sie war durch eine alte Ambivalenz vorbereitet, sie vollzog sich längs eines uralten Zusammenhanges, der noch nicht lange vergessen sein konnte. Die Liebesgöttin selbst, die jetzt an die Stelle der Todesgöttin trat, war einst mit ihr identisch gewesen. Noch die griechische Aphrodite entbehrte nicht völlig der Beziehungen zur Unterwelt, obwohl sie ihre chthonische Rolle längst an andere Göttergestalten, an die Persephone, die dreigestaltige Artemis-Hekate, abgegeben hatte. Die großen Muttergottheiten der orientalischen Völker scheinen aber alle ebensowohl Zeugerinnen wie Vernichterinnen, Göttinnen des Lebens und der Befruchtung wie Todesgöttinnen gewesen zu sein. So greift die Ersetzung durch ein Wunschgegenteil bei unserem Motiv auf eine uralte Identität zurück.

Dieselbe Erwägung beantwortet uns die Frage, woher der Zug der Wahl in den Mythus von den drei Schwestern geraten ist. Es hat hier wiederum eine Wunschverkehrung stattgefunden. Wahl steht an der Stelle von Notwendigkeit, von Verhängnis. So überwindet der Mensch den Tod, den er in seinem Denken anerkannt hat. Es ist kein stärkerer Triumph der Wunscherfüllung denkbar. Man wählt dort, wo man in Wirklichkeit dem Zwange gehorcht, und die man wählt, ist nicht die Schreckliche, sondern die Schönste und Begehrenswerteste.

Bei näherem Zusehen merken wir freilich, daß die Entstellungen des ursprünglichen Mythus nicht gründlich genug sind, um sich nicht durch Resterscheinungen zu verraten. Die freie Wahl zwischen den drei Schwestern ist eigentlich keine freie Wahl, denn sie muß notwendigerweise die dritte treffen, wenn nicht, wie im Lear, alles Unheil aus ihr entstehen soll. Die Schönste und Beste, welche an Stelle der Todesgöttin getreten ist, hat Züge behalten, die an das Unheimliche streifen, so daß wir aus ihnen das Verborgene erraten konnten.

Wir haben bisher den Mythus und seine Wandlung verfolgt und hoffen die geheimen Gründe dieser Wandlung aufgezeigt zu haben. Nun darf uns wohl die Verwendung des Motivs beim Dichter interessieren. Wir bekommen den Eindruck, als ginge beim Dichter eine Reduktion des Motivs auf den ursprünglichen Mythus vor sich, so daß der ergreifende, durch die Entstellung abgeschwächte Sinn des letzteren von uns wieder verspürt wird. Durch diese Reduktion der Entstellung, die teilweise Rückkehr zum Ursprünglichen, erziele der Dichter die tiefere Wirkung, die er bei uns erzeugt.

Um Mißverständnissen vorzubeugen will ich sagen, ich habe nicht die Absicht zu widersprechen, daß das Drama vom König Lear die beiden weisen Lehren einschärfen wolle, man solle auf sein Gut und seine Rechte nicht zu Lebzeiten verzichten, und man müsse sich hüten, Schmeichelei für bare Münze zu nehmen. Diese und ähnliche Mahnungen ergeben sich wirklich aus dem Stück, aber es erscheint mir ganz unmöglich, die ungeheure Wirkung des Lear aus dem Eindruck dieses Gedankeninhaltes zu erklären oder anzunehmen, daß die persönlichen Motive des Dichters mit der Absicht diese Lehren vorzutragen erschöpft seien. Auch die Auskunft, der Dichter habe uns die Tragödie der Undankbarkeit vorspielen wollen, deren Bisse er wohl am eigenen Leib verspürt, und die Wirkung des Spiels beruhe auf dem rein formalen Moment der künstlerischen Einkleidung, scheint mir das Verständnis nicht zu ersetzen, welches uns durch die Würdigung des Motivs der Wahl zwischen den drei Schwestern eröffnet wird.

Lear ist ein alter Mann. Wir sagten schon, darum erscheinen die drei Schwestern als seine Töchter. Das Vaterverhältnis, aus dem so viel fruchtbare dramatische Antriebe erfließen könnten, wird im Drama weiter nicht verwertet. Lear ist aber nicht nur ein Alter, sondern auch ein Sterbender. Die so absonderliche Voraussetzung der Erbteilung verliert dann alles Befremdende. Dieser dem Tode Verfallene will aber auf die Liebe des Weibes nicht verzichten, er will hören, wie sehr er geliebt wird. Nun denke man an die erschütternde letzte Szene, einen der Höhepunkte der Tragik im modernen Drama: Lear trägt den Leichnam der Cordelia auf die Bühne. Cordelia ist der Tod. Wenn man die Situation umkehrt, wird sie uns verständlich und vertraut. Es ist die Todesgöttin, die den verstorbenen Helden vom Kampfplatze wegträgt, wie die Walküre in der deutschen Mythologie. Ewige Weisheit im Gewand des uralten Mythus rät dem alten Manne, der Liebe zu entsagen, den Tod zu wählen, sich mit der Notwendigkeit des Sterbens zu befreunden.

Der Dichter bringt uns das alte Motiv näher, indem er die Wahl zwischen den drei Schwestern von einem Gealterten und Sterbenden vollziehen läßt. Die regressive Bearbeitung, die er so mit dem durch Wunschverwandlung entstellten Mythus vorgenommen, läßt dessen alten Sinn so weit durchschimmern, daß uns vielleicht auch eine flächenhafte, allegorische Deutung der drei Frauengestalten des Motivs ermöglicht wird. Man könnte sagen, es seien die drei für den Mann unvermeidlichen Beziehungen zum Weibe, die hier dargestellt sind: Die Gebärerin, die Genossin und die Verderberin. Oder die drei Formen, zu denen sich ihm das Bild der Mutter im Lauf des Lebens wandelt: Die Mutter selbst, die Geliebte, die er nach deren Ebenbild gewählt, und zuletzt die Mutter Erde, die ihn wieder aufnimmt. Der alte Mann aber hascht vergebens nach der Liebe des Weibes, wie er sie zuerst von der Mutter empfangen; nur die dritte der Schicksalsfrauen, die schweigsame Todesgöttin, wird ihn in ihre Arme nehmen.